W0468081

CRÉATURES FANTASTIQUES

1

KAZIYA

Sommaire

GLING
GLING...
BONJOUR !
AH, ZISKA !
DÉSOLÉE, JE SUIS LÉGÈREMENT EN RETARD !
DITES...
COMMENT SE SONT PASSÉES LES VENTES ?

LE NOUVEAU REMÈDE QUE TU M'AS DONNÉ...
FAIT DES MIRACLES POUR LES MAUX DE TÊTE, SEULEMENT SON PRIX RESTE ASSEZ ÉLEVÉ !
J'EN AI MIS EN RAYON PARCE QU'ON VEND DE TOUT ICI, MAIS MAINTENANT...
LES GENS PRÉFÈRENT ACHETER LEURS MÉDICAMENTS EN PHARMACIE, TU SAIS ?
FSH
L'ÉPOQUE OÙ LES HOMMES CROYAIENT ENCORE AUX "INCANTATIONS MAGIQUES" EST DÉSORMAIS RÉVOLUE !
AH, MAIS J'Y PENSE !
SI TU AIMES LA MAGIE, CE GENRE DE TALISMANS SE VENDRAIT BIEN MIEUX QUE TES REMÈDES !
REGARDE, "UN TALISMAN FAIT À PARTIR D'ÉCAILLES DE DRAGON" !

CELUI D'À CÔTÉ EST COMPOSÉ DE PLUMES D'OISEAUX MYTHIQUES...
SERVANT À FAIRE FUIR LES MAUVAIS ESPRITS...
BIEN ENTENDU, CE SONT DES FAUX...
MAIS LES JEUNES EN RAFFOLENT !
ILS SONT SIMPLES À CONFECTIONNER !
TU POURRAIS T'Y METTRE, TOI AUSSI !
DES FRAGMENTS DE VERRE POLIS, AUXQUELS ON AJOUTE...
DES PLUMES DE POULETS PEINTES...
TAP
TAP
CES TALISMANS N'ONT RIEN D'AUTHENTIQUE...
BON

BOOON

CETTE HISTOIRE SE DÉROULE À UNE ÉPOQUE OÙ LES AVANCÉES SCIENTIFIQUES ENTRAÎNENT LE MONDE VERS UNE NOUVELLE ÈRE...
UNE ÉPOQUE OÙ LES HOMMES OUBLIENT PEU À PEU LES ARTS MAGIQUES...
ET OÙ LES CRÉATURES FANTASTIQUES COMMENCENT À DISPARAÎTRE DE LA SURFACE DE LA TERRE...

Entrée n°1 – Lindworm

Un PUK s'est caché
dans chaque chapitre !

Essayez de le retrouver !!

MAÎTRE !
JE MANQUE DE FLACONS VIDES... VOUS POURRIEZ M'EN PASSER ?
FSH...
TU CHERCHES ENCORE À TE FAIRE DE L'ARGENT DE POCHE, ZISKA ?
FLIP
ÇA N'A RIEN À VOIR !!
BLAM
JE PERPÉTUE LA TRADITION...
C'EST QUELQUE CHOSE QUE MA FAMILLE A TOUJOURS CONFECTIONNÉ...
ÇA NE ME DÉRANGE PAS QUE TU FABRIQUES DES REMÈDES AVEC DE LA MAGIE !
SEULEMENT, UNE APPRENTIE NE DEVRAIT PAS PASSER LA MAJORITÉ DE SON TEMPS À FAIRE DE CE QUI LUI CHANTE !

TU AS DÉJÀ PENSÉ AU RISQUE QUE TES REMÈDES NE FASSENT PAS EFFET ET QU'UN MALADE...
SOIT PRIS EN CHARGE TARDIVEMENT PARCE QU'IL COMPTAIT DESSUS POUR GUÉRIR ?
PAC
NE PRENDS PAS LA MÉDECINE À LA LÉGÈRE ! ELLE S'APPUIE SUR DES CAS MÉDICAUX PASSÉS...
POUR PRENDRE DES DÉCISIONS ADÉQUATES ET ÉTABLIR UN VÉRITABLE SUIVI !
...
ON A RENDEZ-VOUS À 15 H CHEZ MAGDA POUR EXAMINER SON CHAT !
PRÉPARE MES AFFAIRES !
AH, N'OUBLIE PAS LES ANTIDOULEURS !
ENFIN... ON N'EN AURA BIENTÔT PLUS BESOIN...
DES MÉDICA-MENTS, HEIN...
VOUS AUSSI, MAÎTRE ?

VOUS NE CROYEZ PLUS À LA MAGIE ?
...
CETTE ÉPOQUE EST RÉVOLUE !
LA MAGIE N'A PAS D'EFFET SUR CEUX QUI N'Y CROIENT PAS !
ILS NE PEUVENT NI LA VOIR NI LA COMPRENDRE !
LES HOMMES SONT MAINTENANT BIEN TROP CULTIVÉS POUR Y CROIRE !

LA MAGIE NE MARCHE PAS SUR CEUX QUI N'Y CROIENT PAS ! ILS NE PEUVENT PAS LA VOIR NON PLUS...
C'EST BIEN ÇA ?
DANS CE CAS, JE CROIS BIEN QUE MON MAÎTRE...

SOIT INCAPABLE DE TE VOIR !

ALORS ?
TA BLESSURE SE REFERME ?
ぱち
PLIC
RIEN N'A CHANGÉ DURANT LES TROIS DERNIERS JOURS...
J'AI POURTANT APPLIQUÉ CORRECTEMENT L'ONGUENT...
...
SNIF

TOUT IRA BIEN...
JE FINIRAI PAR TROUVER UNE SOLUTION !
TU SAIS, MA MAMAN M'A DIT UNE FOIS...
"NOUS AUTRES LES MAGES..."
"NOUS POUVONS VOIR CE QUE D'AUTRES ONT FINI PAR OUBLIER !"
"C'EST POURQUOI..."
"IL EST DE TON DEVOIR D'AIDER CES CRÉATURES !"

FSH...
SNIF
ÇA T'INTRIGUE ?
C'EST UN ONGUENT...
FABRIQUÉ À PARTIR DE CAMOMILLE ET DE LAVANDE.
SNIF SNIF
JE TIENS SA PRÉPARATION DE MA MAMAN !
LES HOMMES NE CROIENT PLUS AUX BIENFAITS DE CETTE POMMADE...
MAIS LES REMÈDES DE MA MÈRE SONT LES MEILLEURS !
TIENS-TOI TRANQUILLE...
...

SA PLAIE N'A PAS L'AIR DE SORTIR DE L'ORDINAIRE...
POURQUOI NE GUÉRIT-ELLE PAS ?
PLIC...
...
J'AI L'IMPRESSION QUE SES PÉRIODES DE SOMMEIL ONT AUGMENTÉ...
ZZZ
ZZZ...
DÉPÊCHE-TOI DE GUÉRIR !

...
J'AI EU BEAU M'APPROCHER DE LUI, HIER... IL N'A PAS OUVERT LES YEUX UNE SEULE FOIS.
...
QU'EST-CE QUE TU AS ?

AH... NON, RIEN...
JE NE SAIS PAS CE QUI TE PRÉOCCUPE...
MAIS SI ÇA TE REND SI INQUIÈTE, TU PEUX PRENDRE TA JOURNÉE.
MAÎTRE...
JE...
JE SORS UN MOMENT...

HA...
HA...
HA...
HA...
CE SERAIT SUPER SI TOUT POUVAIT ÊTRE RÉSOLU AVEC LA MAGIE !
IL TE RESTE UN PEU DE POUVOIR ! C'EST RARE DE NOS JOURS !
MAIS SEULEMENT ASSEZ POUR CONFECTIONNER QUELQUES REMÈDES ET RIEN DE PLUS !
LES SAULES CONTIENNENT UNE SUBSTANCE QU'ON APPELLE LA SALICYLINE.
CETTE DERNIÈRE EST CONNUE POUR AVOIR UN EFFET ANTIDOULEUR.
FLIP
TOI AUSSI. TU L'UTILISES SOUVENT COMME CATALYSEUR DANS TES "MAGIES POUR CALMER LA DOULEUR". NON ?
CRSH
LA BASE EST LA MÊME…
CEPENDANT LES SCIENCES ONT MIS EN ÉVIDENCE QUE CETTE SUBSTANCE SERVANT À APAISER LA "DOULEUR" ÉTAIT LA "SALICYLINE".
LES PROGRÈS DE LA CIVILISATION FONT DISPARAÎTRE PEU À PEU LES MYSTÈRES ET LA MAGIE !

MAIS TU SAIS, TOUS CEUX QUI SE "SERVENT" DE CETTE SUBSTANCE OBTIENDRONT LES MÊMES RÉSULTATS…
VLAM…
QU'IMPORTE LEUR LIGNÉE OU LEURS APTITUDES.
ON EST TOUS ÉGAUX DEVANT LA SCIENCE…
CONTRAIRE-MENT À LA MAGIE !
…
N'INTERPRÈTE PAS DE TRAVERS MES PAROLES…
JE N'AI JAMAIS DIT QUE LA MAGIE N'ÉTAIT QUE SUPERCHERIE !
IL EST JUSTE NORMAL DE CHERCHER LES MÉTHODES LES PLUS FIABLES POUR SAUVER DES VIES.

HA...
HA...
SHRT...
HA...
NON...
FOUH...
JE RÊVE ?
FOUH...
HA...
POURQUOI SON ÉTAT CONTINUE D'EMPIRER ?!
HA...

JE NE COMPRENDS PAS...
J'AI CONFECTIONNÉ LES REMÈDES CORRECTEMENT...
FUIT...
CE SERAIT À CAUSE DE MON MANQUE DE POUVOIR ?!
ET PUIS... C'EST QUOI CES CHOSES QUI RESSEMBLENT À DES ÉCAILLES ?
POC...
ELLES N'ÉTAIENT PAS LÀ AVANT...
POURQUOI LES CHOSES SE SONT-ELLES AGGRAVÉES ?
PARDONNE-MOI... PARDONNE-MOI...
JE PENSAIS ÊTRE CAPABLE DE TE GUÉRIR !
SHRT...

MAÎ...
MAÎTRE...
TU AGISSAIS BIZARREMENT CES DERNIERS JOURS, ALORS JE T'AI SUIVIE !
L'ENFANT D'UN DRAGON...
POURQUOI TU NE M'AS RIEN DIT ?
HEIN ?
ÉCARTE-TOI !

…
FROU…
IL N'EN AVAIT PAS À L'ORIGINE, PAS VRAI ?
POC
HEIN ?!
NON, ÇA VIENT D'APPARAÎTRE …
TU AS EXAMINÉ SA PLAIE CORRECTEMENT ?
EH BIEN… JE CROIS QU'IL S'EST FAIT TRANSPERCER PAR UN BÂTON…
REGARDE ATTENTIVEMENT !
L'IMPACT A DÉTRUIT LES TISSUS AUTOUR !

C'EST UNE BLESSURE PAR BALLE !
IL A DÛ SE TROUVER ENTRE UN CERF ET UN CHASSEUR !
UNE BLESSURE PAR BALLE ?!
LE TIR N'A PAS TRAVERSÉ SON CORPS...
CE QUI SIGNIFIE...
QUE LA BALLE EST TOUJOURS COINCÉE À L'INTÉRIEUR ?!
C'EST SÛREMENT CE QUI L'EMPOISONNE !
ON DOIT ABSOLUMENT LUI RETIRER LA BALLE LOGÉE À L'INTÉRIEUR !
MAIS POUR CE FAIRE, ON VA DEVOIR L'OPÉRER.
SHRT
COMMEN-ÇONS TOUT DE SUITE !
NE DIS PAS DE BÊTISES !
IL FAUT D'ABORD L'ANES-THÉSIER...
TU VEUX QUE JE LUI TRANCHE LA CHAIR, ALORS QU'IL EST TOUJOURS ÉVEILLÉ ?

FRO...
EFF... EFFECTIVE-MENT ÇA DOIT FAIRE MAL...
ENFIN... À UNE ÉPOQUE PAS SI LOINTAINE, ON AURAIT PROCÉDÉ SANS !
IL DÉPASSE LARGEMENT LA TAILLE D'UN CHAT...
NOS VIES RISQUENT D'ÊTRE EN DANGER, S'IL SE DÉBAT PENDANT L'OPÉRATION !
FOUCH...
LA QUANTITÉ D'ANESTHÉSIANT INJECTÉE DOIT PRENDRE EN COMPTE SON POIDS !
NORMALEMENT, ON DEVRAIT SE RÉFÉRER AUX ARCHIVES MÉDICALES DES PRÉCÉDENTS PATIENTS DE SON ESPÈCE POUR CONNAÎTRE LA QUANTITÉ QU'IL PEUT SUPPORTER...
SEULE-MENT...
LE DOSAGE POUR UN DRAGON...
DE TELLES NOTES N'EXISTENT PAS !
TOUT CE QU'ON PEUT FAIRE, C'EST LUI ADMINISTRER L'ANESTHÉSIANT PETIT À PETIT EN SURVEILLANT SON ÉTAT !

TCHAC
EH !
LAISSE TOMBER CEUX-LÀ ! ON VA UTILISER D'AUTRES OUTILS AUJOURD'HUI !
HUM ?
FSH
!
ILS NE SONT PAS FAITS DE MÉTAUX…
ET DES INCANTATIONS SONT GRAVÉES SUR CEUX-CI…
CES OUTILS SONT FRAGILES… ÉVITE DE LES CASSER !
ILS M'ONT COÛTÉ ASSEZ CHER !

C'EST UNE EXISTENCE SURNATURELLE !
PAR CONSÉQUENT, ELLE EST INCOMPATIBLE AVEC LA "SCIENCE" DES HOMMES...
MAIS TU LE SAIS DÉJÀ, N'EST-CE PAS ?
VOUS POSSÉDIEZ DE TELS OUTILS...
はっ AH
DANS CE CAS, LES MÉDICAMENTS RISQUENT DE LUI FAIRE DU MAL ALORS...
OUI, TOUT À FAIT...
ESSAYONS D'EN RÉDUIRE L'USAGE AU MAXIMUM.
CES CRÉATURES SONT BIEN PÉNIBLES !
J'AURAIS EU LE CHOIX ENTRE DIFFÉRENTS TRAITEMENTS, POUR UN HOMME...
CETTE FOIS-CI, ON VA UTILISER CE PRODUIT...
FABRIQUÉ À PARTIR D'EXTRAITS DE PAVOT !

MAÎTRE, MAIS C'EST DE L'OPIUM ? QU'EST-CE QUE ÇA FAIT DANS VOS AFFAIRES ?!
QUELQUE CHOSE VOUS ANGOISSE ?!
VOUS N'ÊTES PAS MALADE AU MOINS ?!
JE N'EN FUME PAS...
TCHAC
ÇA PROVIENT BIEN DU PAVOT, MAIS LES HOMMES UTILISENT QUELQUE CHOSE...
DE BIEN PLUS EFFICACE ET DE BIEN MOINS DANGEREUX !
DE LA MORPHINE !
ÇA NE RISQUE PAS DE LUI FAIRE MAL ?
ON NE LE SAURA QU'APRÈS AVOIR ESSAYÉ !
BIEN, ÇA FAIT EFFET !

FROU...
SA BLESSURE SE CRISTALLISE !
J'AVAIS VU JUSTE !
SON ORGANISME RÉAGIT AU CORPS ÉTRANGER !
CELUI D'UN ANIMAL NORMAL AURAIT RECOUVERT LA BALLE DE TISSUS ADIPEUX...
HEUREUSEMENT QU'IL N'A REÇU QU'UNE SEULE BALLE DE FUSIL !
MAINTENANT QUE J'Y PENSE, C'EST PEUT-ÊTRE DE CETTE MANIÈRE QUE NAISSENT LES PIERRES DE DRAGON !
LA BALLE !
CLANG...

CLA
CLA
D'ORDINAIRE, LES ANIMAUX BLESSÉS PAR ARME À FEU SONT INFECTÉS PAR LE PLOMB CONTENU DANS LES BALLES !
MAIS POUR CE QUI EST DE CETTE CRÉATURE, C'EST PLUTÔT...
LE "MÉTAL FAÇONNÉ PAR LA MAIN DE L'HOMME" QUI A FAIT RÉAGIR SON ORGANISME !
TOUT EST DE MA FAUTE ! SON ÉTAT N'AURAIT PAS EMPIRÉ, SI JE L'AVAIS CORRECTEMENT EXAMINÉ...
J'AI ÉCHOUÉ EN TANT QU'APPRENTIE VÉTÉRINAIRE...
ET ÉCHOUÉ EN TANT QUE MAGE...

MES REMÈDES N'ONT PAS FONCTIONNÉ...
FUIT...
JE NE PENSAIS PAS ÊTRE AUSSI FAIBLE...
JE CROYAIS QUE MA MAGIE SERAIT EFFICACE SUR LES ANIMAUX...
MALGRÉ LE FAIT QU'ELLE SOIT INOPÉRANTE SUR LES HUMAINS...
C'EST POURQUOI JE SUIS VENUE CHEZ VOUS POUR DEVENIR VÉTÉRINAIRE...
SI VOUS N'AVIEZ PAS DÉCOUVERT CETTE CRÉATURE, JE N'AURAIS RIEN PU FAIRE POUR LA SAUVER...
PLOC
PLOC
EFFECTIVEMENT, TU AS ÉCHOUÉ EN TANT QUE VÉTÉRINAIRE !

JE NE PEUX PAS TE BLÂMER POUR N'AVOIR PAS RECONNU UNE BLESSURE PAR BALLE !
TU ES ENCORE EN FORMATION !
NÉANMOINS, TU AS SURESTIMÉ TES CAPACITÉS...
ET TU T'ES PRIVÉE D'UNE POSSIBILITÉ CRUCIALE, DEMANDER CONSEIL À CEUX QUI T'ENTOURENT ...
ALORS MÊME QU'UNE VIE ÉTAIT EN JEU !
C'EST UNE CHOSE À ÉVITER ABSOLUMENT EN TANT QUE SOIGNANT !
COMPRIS ?

OUI...
FSH
NÉANMOINS, TU N'AS PAS ENCORE ÉCHOUÉ EN TANT QUE MAGE !
HEIN ?
L'OPÉRATION EST TERMINÉE !
LE CORPS ÉTRANGER A ÉTÉ RETIRÉ !
SEULEMENT, ON AURA TRAVAILLÉ EN VAIN S'IL NE RÉCUPÈRE PAS DE SA BLESSURE !
IL Y A SÛREMENT QUELQUE CHOSE QUE TU PEUX FAIRE POUR L'AIDER, N'EST-CE PAS ?
C'EST ICI QUE TA TÂCHE COMMENCE RÉELLEMENT !

CETTE CRÉATURE EST SANS DOUTE CE QU'ON APPELLE UN "LINDWORM" !
IL EST BLANC ET UN PELAGE RECOUVRE SA PEAU AU LIEU D'ÉCAILLES.
FLIP
IL POSSÈDE DEUX PATTES ET UN CORPS DE SERPENT, CARACTÉRISTIQUES DES LINDWORMS...
LES DRAGONS DES ÉTOILES FILANTES ?
VOUS LE SAVIEZ DÉJÀ ?
BIEN ÉVIDEMMENT ! JE N'AURAIS PAS PU LE SOIGNER CORRECTEMENT SI JE N'AVAIS PAS SU CE QU'IL ÉTAIT !
C'EST LA PLEINE SAISON POUR VOIR DES ÉTOILES FILANTES !
MAINTENANT QUE VOUS LE DITES...

VOUS SAVEZ CE QUE SONT LES ÉTOILES FILANTES EN RÉALITÉ ?
IL PARAÎT QUE CE SONT DES POUSSIÈRES D'ÉTOILES...
OU DES FRAGMENTS DE COMÈTES !
RÉCEMMENT, ON DIT MÊME QU'IL S'AGIRAIT DE MORCEAUX DE GLACE !
FSH
ON RACONTE QUE LES DRAGONS SONT PROFONDÉMENT LIÉS À L'EAU...
LA PLUPART D'ENTRE EUX VIVRAIENT PRÈS DES LACS !
TU PENSES POUVOIR LE REMETTRE D'APLOMB AVEC DE L'EAU ?
OUI !

EN MATIÈRE DE MAGIE, "L'EAU" EST SOUVENT ASSOCIÉE À LA GUÉRISON ! JE VAIS Y PLONGER QUELQUES PLANTES MÉDICINALES...
ET FAIRE BOUILLIR LE TOUT POUR QU'IL PUISSE RESPIRER LES ÉMANATIONS DU MÉLANGE !
DES ORTIES !
DE LA SAUGE !
DE LA VALÉRIANE !
DE LA CAMOMILLE !
DU SAULE !
UNE BRANCHE DE BOULEAU !

FROH...
...
...
DES ANTALGIQUES ET DES SÉDATIFS...
DES ANTI-INFLAMMATOIRES COUPLÉS À DES ANTIDOTES...
FOUCH...
JE VOUS EN PRIE !
PURIFIEZ SON CORPS !

FRSH...
FOUCH...

FRSH...
QUEL SOULAGEMENT !!
NE T'EN FAIS PAS... TOUT VA BIEN MAINTENANT...
JE NE SAIS PAS CE QUE J'AURAIS FAIT, SI ÇA N'AVAIT PAS MARCHÉ...
JE VAIS...

NON, NOUS...
NOUS ALLONS TE RENDRE AU CIEL !

LA NOUVELLE LUNE...
JE SUIS PERSUADÉ QU'ON VERRA UNE ÉTOILE FILANTE CE SOIR !
C'EST UNE BELLE SOIRÉE POUR LE LAISSER S'ENVOLER !

PRÊT POUR LE GRAND VOL ?
FRSH
AH !
UNE ÉTOILE FILANTE !!

OOOH ! LES VOILÀ, LES VOILÀ !
VA VITE REJOINDRE TES COMPAGNONS !

FROCH

LES DRAGONS DES ÉTOILES FILANTES...
L'ASTRONOMIE A DÉJÀ DÉCOUVERT CE QU'ÉTAIENT LES ÉTOILES FILANTES !
MAIS...
AUTREFOIS, QUAND LES HOMMES OBSERVAIENT CES POUSSIÈRES TOMBER DU CIEL...
ILS Y VOYAIENT DES DRAGONS !
TOUT COMME...

TOI ET MOI ACTUELLEMENT !
MAÎTRE !
HUM ?
ÇA M'A SURPRISE QUE VOUS EN SACHIEZ AUTANT SUR LES LINDWORMS...
ET QUE VOUS POSSÉDIEZ DE TELS SCALPELS !
J'ÉTAIS PERSUADÉE...
QUE VOUS DÉTESTIEZ LA MAGIE...
ET TOUT CE QUI TOUCHE AUX PHÉNOMÈNES SURNATURELS !
...

IL EST TEMPS D'ALLER DORMIR !
ON A UN CHEVAL À EXAMINER DEMAIN !
OU... OUI !

QU'EST-CE QUE TU COMPTES EN FAIRE ?
TU VAS LES VENDRE ?
HEIN ?!
POURQUOI JE LES VENDRAIS ?
...
...
NON, C'EST JUSTE QUE...
SI TU LES VENDS, TU POURRAS SANS DOUTE EN TIRER UNE GROSSE SOMME D'ARGENT...
VU QUE ÇA VIENT D'UN DRAGON !
C'EST VRAI QUE CES PIERRES SE VENDRAIENT...
SÛREMENT TRÈS CHER !
VU QUE ÇA VIENT D'UN DRAGON !

TU PENSES LES UTILISER DE QUELLE MANIÈRE ?
CES PIERRES FERAIENT D'EXCELLENTS CATALYSEURS POUR MES SORTS...
VU QUE ÇA VIENT D'UN DRAGON !
HUM...
JE VOIS...
VU QUE ÇA VIENT D'UN DRAGON !
NON, JE NE COMPTE PAS LES VENDRE !
JE NE T'AI PAS DIT DE LE FAIRE...
PAM

JE ME DEMANDE SI ON LE REVERRA...
PEUT-ÊTRE L'ANNÉE PROCHAINE !

Entrée n°2 – Salamandre

BROUHA
APPROCHEZ ! VENEZ VOIR !
D'APPARENCE, CES TISSUS SONT DES PLUS BANALS...
BLA
BLA
!
APPROCHEZ...
BLA
BLA

C'EST PAR ICI QUE ÇA SE PASSE !
DE LA PEAU DE SALAMANDRE, VENUE TOUT DROIT D'ORIENT !!
BROUHA
REGARDEZ ATTENTI-VEMENT !
FROH
RIEN NE SE PASSE QUAND ON L'APPROCHE DES FLAMMES !
PAC PAC PAC
OOOH
おおっ
GLOUPS...

IL EST DIT QUE LA SALAMANDRE, SURNOMMÉE L'ESPRIT DU FEU, EST CAPABLE DE VIVRE DANS LES FLAMMES GRÂCE À SA PEAU !
ALORS QU'EN DITES-VOUS, MESDAMES ET
BROUHA
INCROYABLE ! CE TISSU RÉSISTE AU FEU, MAÎTRE !!
C'EST VRAIMENT DE LA PEAU DE SALAMANDRE ?
BIEN SÛR QUE NON, ZISKA !
CE N'EST PAS UN TISSU ORDINAIRE !
BROUHA
IL N'A PAS ÉTÉ TISSÉ À PARTIR DE COTON OU DE POILS D'ANIMAUX...
MAIS FABRIQUÉ À PARTIR DE MINÉRAUX !
DES TISSUS FABRIQUÉS À PARTIR DE MINÉRAUX ?
UN MINÉRAL C'EST EN GROS L'AGRÉGATION DE PLUSIEURS ÉLÉMENTS QUI ONT FINI PAR SE CRISTALLISER !
ILS NE SONT PAS TOUS AUSSI RIGIDES QUE CETTE PIERRE OU QUE LE QUARTZ !
CERTAINS MINÉRAUX PRENNENT LA FORME DE FIBRES !

L'AMIANTE PAR EXEMPLE !
ILS SONT AUSSI SOUPLES QU'UN FIL, MÊME SI CE SONT DES MINÉRAUX !
POF ぽいっ
PUIS...
UNE FOIS FILÉS, ILS DEVIENNENT CES TISSUS QUE TU VIENS D'APERCEVOIR...
ガヤ BLA
ガヤ BLA
...
DES PIERRES AUSSI SOUPLES...
QU'UN FIL ?
ÇA T'INTRIGUE ?
FAISONS UN PETIT DÉTOUR DANS CE CAS !

...
ガチャッ
GWOCH
QU'EST-CE QUE C'EST QUE CET ENDROIT, MAÎTRE ?
UN MAGASIN DE BRIC-À-BRAC !
カラーン
GLING
カラン
GLING...
BIENVENUE !

ÇA FAIT LONGTEMPS, MONSIEUR LE VÉTÉRINAIRE !
TIENS, C'EST RARE DE TE VOIR SORTIR !
LA FERME ! CONTRAIREMENT À TOI, JE N'AI PAS LE TEMPS DE FLÂNER DEHORS AVEC TOUT LE TRAVAIL QUE J'AI !
...
QUI EST DONC CETTE DEMOISELLE ?
TON APPRENTIE ?
BONJOUR !
BON... BONJOUR...
EN QUELQUE SORTE !
OH, JE VOIS ! ÇA FAIT NGTEMPS QUE E T'AI PAS VU E DEMANDAIS E QUE TU EVENAIS !
C'EST UNE DE VOS CONNAISSANCES, MAÎTRE ?
UNE CONNAISSANCE DES PLUS ÉLOIGNÉES !
QU'EST-CE QUE ÇA TE COÛTE D'ADMETTRE QU'ON EST AMIS ?!
JE DÉTESTE CETTE FACETTE DE NICO !

TU VEUX QUE JE LUI MONTRE UN MINÉRAL À LA TEXTURE FIBREUSE ?
ÇA MARCHE ! JE CROIS AVOIR UNE PIERRE...
QUI DEVRAIT LUI PLAIRE !
FSH FSH
TU ES UN VENDEUR DE PIERRES, KAMIL ?
NON, LES PIERRES C'EST JUSTE UN PASSE-TEMPS !
MON ACTIVITÉ PRINCIPALE CONSISTE À RACHETER ET VENDRE DES ANTIQUITÉS, DES MÉTAUX PRÉCIEUX ET DES ŒUVRES D'ART !
C'EST UN TRAVAIL DANS LEQUEL IL FAUT AVOIR L'ŒIL !
TIENS !
POC...
N'HÉSITE PAS À LA TOUCHER !
MERCI BEAUCOUP...

POF
PAC
J'Y CROIS PAS !!
ELLE S'EST FAIT DUPER PAR UN MARCHAND AMBULANT DE LA GRANDE PLACE ! ELLE A CRU QUE LES TISSUS ÉTAIENT FABRIQUÉS AVEC DE LA PEAU DE SALAMANDRE...
HA HA HA !
ENFIN... JE NE SUIS PAS LE MIEUX PLACÉ POUR EN RIRE !
HUM ?
CLAC
EN RÉALITÉ, TU TOMBES À PIC !
J'AI BESOIN DE TES CONSEILS !
POM
TU POURRAIS L'EXAMINER ?

UN LÉZARD...
DE COULEUR VERTE ?
J'AI MIS LA MAIN DESSUS, PENDANT QUE JE CHERCHAIS DE NOUVELLES PIERRES !
IL M'A ÉTÉ PRÉSENTÉ COMME ÉTANT UN ESPRIT DU FEU, UNE SALAMANDRE...
BIEN SÛR ÇA M'A PARU LOUCHE, VU SA PEAU VERDÂTRE !
POM...
MAIS REGARDEZ...
ON DIRAIT QUE DES PIERRES SONT FIXÉES SUR SON DOS, VOUS NE TROUVEZ PAS ?
JE PENSE QUE CE SONT DES SERPENTINES !
CES GEMMES N'ONT PAS UNE TRÈS GRANDE VALEUR MARCHANDE...
MAIS N'EST-CE PAS INCROYABLE QUE LES ÉCAILLES DE CE LÉZARD SOIENT FAITES DE CES PIERRES ?
C'EST POURQUOI, J'AI FINI PAR L'ACHETER !

MAIS IL A L'AIR MAL EN POINT...
IL NE BOUGE PAS D'UN POUCE ET NE MANGE PAS LA NOURRITURE QUE JE LUI DONNE.
VOUS NE POUVEZ PAS FAIRE QUELQUE CHOSE POUR LUI ?

FRSH
JE NE TROUVE RIEN DANS CETTE ENCYCLOPÉDIE QUI RESSEMBLE DE PRÈS À NOTRE ANIMAL...
CRIC...
ÇA CORRESPOND PLUS À UN URODÈLE QU'À UN LÉZARD...
UN URODÈLE ?
UNE ESPÈCE D'AMPHIBIEN...
TOUT COMME LES TRITONS !
LE PROBLÈME, C'EST QUE LES AMPHIBIENS N'ONT PAS D'ÉCAILLES NORMALEMENT !
SA PEAU EST SÈCHE...
CE QUI VEUT DIRE QU'IL S'AGIT D'UNE NOUVELLE ESPÈCE...
FSH
SI CE N'EST PAS LE CAS, ALORS ON A DEVANT NOUS UNE ENTITÉ MAGIQUE !
EH BIEN...
QU'EST-CE QU'EN DIT...
TON ENCYCLOPÉDIE DES CRÉATURES FANTASTIQUES !

JE L'AI OUVERTE À LA PAGE DE LA SALAMANDRE...
DÉSOLÉE... CE LIVRE EST ASSEZ ANCIEN...
JE SUIS BIEN INCAPABLE DE DIRE SI ÇA LUI RESSEMBLE OU PAS...
MAIS...
IL Y A UN MOYEN TRÈS SIMPLE DE SAVOIR SI C'EST UNE SALAMANDRE !
C'EST ÉCRIT JUSTE ICI !
JE NE PEUX PAS LE LIRE...
LA SALAMANDRE SE NOURRIT DE FEU !
DANS CE CAS...
C'EST ÉCRIT EN ALPHABET RUNIQUE !

FROH...
ELLE NE BOUGE PAS, SÛREMENT PARCE QU'ELLE MANQUE DE CHALEUR...
PAC
PAC
JE VOIS !
EFFECTIVEMENT, J'IMAGINE MAL L'ESPRIT DU FEU SE NOURRIR DE GRILLONS OU DE VERS DE TERRE !
PAC
PAC
REGARDE !
TU N'AS PAS FAIM ?

...
GOUIC
TIENS...
ELLE N'A RIEN MANGÉ...
PCHIT...
LE PROBLÈME NE VIENT PEUT-ÊTRE PAS QUE DE LA NOURRITURE...
FAISONS-LUI PASSER UN EXAMEN !

POUIC
...
IL Y A QUELQUE CHOSE DANS SON VENTRE !
COUIC...
DES PIERRES ?
VOUS CROYEZ ?
UNE, DEUX, TROIS... IL Y EN A UN SACRÉ PAQUET...
SI C'EST UNE VÉRITABLE SALAMANDRE...
ELLE DEVRAIT POUVOIR S'ALIMENTER DE BRAISES...
ET RIEN NE DEVRAIT RESTER DANS SON VENTRE À LA FIN DE SON REPAS...
ELLE A PEUT-ÊTRE AVALÉ AUTRE CHOSE PAR ERREUR, NON ?
C'EST UNE POSSIBILITÉ !
AAH...

TU AS REMARQUÉ ?
ELLE A L'AIR...
?
FOUCH...
D'ÊTRE COMPLÈTEMENT MYOPE !
C'EST VRAI...
C'EST SANS DOUTE POUR CETTE RAISON QU'ELLE S'EST TROMPÉE DE NOURRITURE !
SES YEUX SONT ATTEINTS D'UNE MALADIE ?
NON...
REGARDE CETTE ÉCAILLE !
SI ON ÉTAIT FACE À LA CARAPACE D'UNE TORTUE, ON AURAIT PU COMPTER LES STRIES LAISSÉES SUR L'ÉCAILLE POUR ESTIMER SON ÂGE...
C'EST SÛREMENT DÛ À LA VIEILLESSE...
MAIS DIFFICILE D'ESTIMER L'ÂGE DES AMPHIBIENS !

ELLES SONT TROP NOMBREUSES, IMPOSSIBLE DE TOUT COMPTER...
LES URODÈLES PEUVENT VIVRE ASSEZ LONGTEMPS...
CERTAINES ESPÈCES ATTEIGNENT LES 50 ANS !
FOUCH
ENCORE PLUS, S'IL S'AGIT D'UNE CRÉATURE MAGIQUE !
ON A PEUT-ÊTRE UN SACRÉ ANCÊTRE DEVANT NOUS !
FRSH
QUOI QU'IL EN SOIT, RETIRONS CE QU'ELLE A AVALÉ DE SON VENTRE !
ON DISCUTERA DU RESTE PLUS TARD !
TCHAC

DIS-MOI ZISKA !
ZASH
TU PEUX UTILISER D'AUTRES MAGIES À PART LA MAGIE CURATIVE ?
ZASH
NON...
ENFIN SI, SEULEMENT POUR DES CHOSES SIMPLES...
ALLUMER UN FEU PAR EXEMPLE EN FAIT PARTIE...
TU SERAIS CAPABLE DE PRODUIRE UNE "LUMIÈRE QUI ÉCLAIRE, MAIS QUI NE CHAUFFE PAS" ?
UNE SOURCE DE LUMIÈRE QUI N'ÉMET PAS DE CHALEUR ?
ÇA DEVRAIT POUVOIR SE FAIRE...
BIEN !
FUIT
JE COMPTE SUR TOI !
SPLACH
JE N'AI AUCUNE IDÉE OÙ SONT SITUÉES SES ARTÈRES !

JE VAIS ME BASER SUR LA CARTE ANATOMIQUE D'UN TRITON, AU CAS OÙ...
VU QU'ON VA DEVOIR LUI OUVRIR LE VENTRE !
ELLE RISQUE DE MOURIR D'HÉMORRAGIE, SI JE LUI COUPE UNE ARTÈRE PAR INADVERTANCE !
JE VOUDRAIS QUE TU ÉCLAIRES CONTINUELLEMENT SA PEAU PENDANT QUE JE CHERCHE LE MEILLEUR ENDROIT POUR INCISER !
CE NE SERAIT PAS PLUS SIMPLE AVEC UNE LAMPE ?
J'AIMERAIS ÉVITER TOUTE SOURCE DE CHALEUR SI POSSIBLE !
JE NE SAIS PAS SI C'EST UNE CRÉATURE FANTASTIQUE...
MAIS SI C'EST UN AMPHIBIEN, SA TEMPÉRATURE CORPORELLE...
DOIT VARIER EN FONCTION DU MILIEU DANS LEQUEL ELLE SE TROUVE !
SA TEMPÉRATURE ACTUELLE EST EXTRÊMEMENT BASSE !
POUIC

SI TON INTUITION EST BONNE ET QUE LE MANQUE DE CHALEUR L'EMPÊCHE DE BOUGER...
DU COUP...
LE MÉTABOLISME DES ANIMAUX DITS À "SANG-FROID" EST INFLUENCÉ PAR LA TEMPÉRATURE EXTÉRIEURE !
ALORS TOUT COMME LES AMPHIBIENS, SON ACTIVITÉ DOIT DIMINUER QUAND LA TEMPÉRATURE EXTÉRIEURE BAISSE !
SI JAMAIS LA TEMPÉRATURE AUGMENTE, NOTRE AMIE RISQUE DE SE RÉVEILLER !
JE VOIS !
JE PRÉFÈRE M'APPUYER SUR TA MAGIE PLUTÔT QUE SUR CES LAMPES !
JE COMPTE SUR TOI !
TRÈ... TRÈS BIEN !

CES PIERRES FLUORESCENTES VONT ME SERVIR DE CATALYSEUR !
ELLES PEUVENT ÉMETTRE DE LA LUMIÈRE, SANS AVOIR À UTILISER LA MAGIE !
JE LE SAIS DÉJÀ !
ELLES S'ILLUMINENT QUAND ON LES CHAUFFE, N'EST-CE PAS ?
OUI !
MAIS CETTE FOIS-CI, TOUTE SOURCE DE CHALEUR EST PROSCRITE...
FROH...
PAAAA

C'EST IMPRESSIONNANT !
OOOH...
CEPENDANT...
C'EST ASSEZ DUR DE MAINTENIR UN RAYONNEMENT CONSTANT PENDANT LONGTEMPS...
DE PLUS...
PAC
CES PIERRES ONT UN INCONVÉNIENT...
ELLES N'ÉMETTENT PLUS DE LUMIÈRE, UNE FOIS LEUR ÉNERGIE ÉPUISÉE...
PAC
PAC
JE VOUS PRIERAI D'OPÉRER RAPIDEMENT !
COMPRIS !

JE PEUX VOIR SES ARTÈRES...
OPÉRONS PAR LE FLANC !
...
FOUH...
BIEN ET MAINTE-NANT...

ZISKA !
は AH
TU TIENS LE COUP ?
TOUT VA... BIEN...
JE SUIS DÉSOLÉE ! L'ÉCLAIRAGE N'EST PAS STABLE...
JE NE SUIS MÊME PAS CAPABLE DE RÉALISER UNE MAGIE AUSSI SIMPLE...
CESSE DE T'EN FAIRE !

DANS TOUTE L'HISTOIRE DE L'HUMANITÉ...
CE N'EST QUE TRÈS RÉCEMMENT QUE LES HOMMES ONT RÉUSSI À PRODUIRE UNE SOURCE DE LUMIÈRE...
QUI SOIT CONSTANTE ET QUI BRILLE DURANT DE LONGUES HEURES !
AU CONTRAIRE, TU PEUX ÊTRE FIÈRE D'EN AVOIR FAIT AUTANT AVEC DE SIMPLES PIERRES FLUORESCENTES !
CETTE OPÉRATION N'EST PAS SI COMPLIQUÉE !
ON PEUT DÉJÀ VOIR SES INTESTINS !
C'EST UNE MAGIE SIMPLE, N'EST-CE PAS ?

DÉTENDS-TOI ET TU Y ARRIVERAS !
OUI !

BIEN, C'ÉTAIT LA DERNIÈRE !
CLANG...
PAR CHANCE, ELLES N'ONT FAIT AUCUN DÉGÂT À SES ORGANES INTERNES...
IL N'Y A PLUS QU'À RECOUDRE...
FOUCH...
TOUT VA BIEN, ZISKA ?
FSH
TIENS LE COUP ENCORE UN PEU, C'EST PRESQUE FINI...
FOUCH...

FROUCH...
EH, ZISKA...
CRASH
CLING
ZISKAAA ?!
PLOK...

HUM...
MAÎTRE ?!
かばっ BLAM
L'OPÉRATION EST TERMINÉE DEPUIS LONGTEMPS ! TU AS FAIT DU BON BOULOT !
ELLE VIENT DE SE RÉVEILLER ELLE AUSSI !
TU AS DORMI PENDANT UNE DEMI-JOURNÉE !

JE NE CROIS PAS QUE TU LES AIES VUES AVANT DE T'ÉVANOUIR !
FSH
VOILÀ CE QU'IL Y AVAIT DANS SON VENTRE !
カチャ...
TCHAC...
OUAH...
CE SONT DES GEMMES...
LA FAIM L'A POUSSÉE À MANGER CES PIERRES DESTINÉES À LA VENTE...
UNE FOIS COINCÉES DANS SON VENTRE, ELLES L'ONT AFFAIBLIE !
?
Y'A PAS À DIRE... C'EST VRAIMENT UN FIN GOURMET !!

FRSH
FROH...

ボッ
FROH...
APPROCHE !
PAC
PAC
PAC
LE REPAS EST SERVI !
AH...
OH !
MIAM
MIAM
REGARDE-LA MANGER ! ELLE AVAIT FAIM...
CRIC...
HUM ?

FWAAA...

ぽひゅっ
BROH
UNE FOURRURE ?!
!
AAAH ! MAIS OUI !
LES SERPENTINES SONT DES MINÉRAUX POLYMORPHES !
POLYMORPHES ?
TCH
TCH
CES MINÉRAUX POSSÈDENT LA MÊME COMPOSITION CHIMIQUE, MAIS DIFFÈRENT DANS LEUR MANIÈRE DE SE CRISTALLISER !
L'EXEMPLE LE PLUS CÉLÈBRE EST CELUI DU DIAMANT ET DU GRAPHITE !
LES DEUX SE COMPOSENT DE CARBONE... SEULEMENT L'UN FINI EN BIJOU, L'AUTRE EN MINE DE CRAYON !
C
C
?
C'EST SANS DOUTE LIÉ À SON ÉTAT DE FAIBLESSE !
MALADE, LES PIERRES APPARAISSENT SUR LA SURFACE DE SON CORPS !
EN BONNE SANTÉ, ELLES PRENNENT UNE TEXTURE FIBREUSE !

...
ALORS LA PEAU DE SALAMANDRE DU VENDEUR AMBULANT...
FROH
IN-CROYABL. !
C'EST VRAIMENT DE LA PEAU DE SALAMANDRE ?
BIEN SÛR QUE NON ZISKA !
...
BREF, ELLE A PU REPRENDRE SA VRAIE FORME !
...
JE SUIS SI CONTENTE !
BROOH
ÇA CRAINT !!
VITE DE L'EAU !!
ET DE QUOI CONTENIR CETTE BÊTE !!
FROOAH
JE RAMÈNE DE L'EAU !
VA CHERCHER UNE MARMITE !!
OU... OUI !!

TU VEUX DIRE QUE...
C'EST UNE VRAIE SALAMANDRE ?
ELLE BRÛLE VACHEMENT...
QU'EST-CE QU'ON VA EN FAIRE ?
FROH
C'EST TOI QUI L'AS ACHETÉE, PAS VRAI ?
PRENDS TES RESPONSABILITÉS !
ARRÊTE TES BÊTISES !
MON MAGASIN VA FINIR EN CENDRES !!
!
SHRRRR...
AH !
FROH
OH...
ELLE EST ENTRÉE DANS LA LAMPE...
...
ENLEVONS CET ARTICLE DES OBJETS À VENDRE !

QU'EST-CE QUE C'EST ?
DES GEMMES ?
ELLES SE TROUVAIENT DANS LE VENTRE DE LA SALAMANDRE !
ELLE A DÛ LES AVALER PAR ERREUR...
MON MAÎTRE M'A DEMANDÉ DE VOUS LES REDONNER !
AH...
SI VOUS N'AVIEZ RIEN DIT, JE N'AURAIS RIEN REMARQUÉ !
TOUT CE QUI BRILLE NE M'INTÉRESSE PAS, CONTRAIREMENT À UN CERTAIN LÉZARD !
NICO EST BIEN TROP HONNÊTE !

HUM… CE NE SONT PAS MES GEMMES, À L'ORIGINE !
ELLES N'ÉTAIENT PAS COMPRISES DANS LE PRIX…
ELLES ÉTAIENT DANS L'ESTOMAC DE L'ANIMAL QUE TU AS ACHETÉ ! ELLES SONT À TOI !
LA FAUTE REVIENT AU VENDEUR ! IL AURAIT DÛ FAIRE PLUS ATTENTION !
HUM, TU AS RAISON…
DANS CE CAS, JE VOUS LES DONNE EN GUISE DE PAIEMENT !
JE PEUX TOUJOURS VOUS LES RACHETER, SI VOUS VOULEZ DES PIÈCES DE MONNAIE !!
JE NE M'INTÉRESSE QU'AUX PIERRES BRUTES !
J'EN VEUX PAS ! JE TE LES DONNE !
POURQUOI NE PAS FAIRE UNE BAGUE AVEC ?
ELLES DOIVENT VALOIR BIEN PLUS QUE LA FACTURE RÉELLE…
BOBOM
BOBOM
BOBOM

PARFAIT, SON ÉTAT S'AMÉLIORE !
JE NE M'Y FERAI JAMAIS...
OUUH !
HA HA ?
ELLE EST TOUJOURS AUSSI COQUETTE...
BRR BRR
オロオロ
ALORS ZISKA, COMMENT VA MA NENA ?!
J'ÉTAIS SI INQUIÈTE QUE JE N'AI PAS PU DORMIR DE LA NUIT ! J'AI DÛ PRENDRE DES MÉDICAMENTS POUR ME CALMER...
SA PLAIE EST EN TRAIN DE SE REFERMER ! TOUT VA BIEN !
HA ? HA

CONTINUEZ DE LUI FAIRE BOIRE CE MÉLANGE POUR L'INSTANT !
NOUS LUI ENLÈVERONS LES POINTS DE SUTURE À LA PROCHAINE VISITE...
AH... ME VOILÀ RASSURÉE...
ÉVITE DE TE BATTRE AVEC LES AUTRES CHIENS DU QUARTIER !
OUAF
SUR CE, VEUILLEZ M'EXCUSER !
PASSEZ LE BONJOUR AU DOCTEUR !
?
!!

EUH, DITES-MOI... QU'EST-CE QUI EST ARRIVÉ À CE LAPIN ?
IL N'A PAS L'AIR EN FORME...
JE PEUX L'EXAMINER, SI VOUS VOULEZ...
OH, CE PETIT BONHOMME ?
NE VOUS EN FAITES PAS !
MON ENFANT LE TROUVAIT ADORABLE AU DÉPART, MAIS SON ASPECT A COMMENCÉ À CHANGER !
DES EXCROISSANCES PEU RAGOÛTANTES SE SONT MISES À POUSSER UN PEU PARTOUT SUR SON CORPS ! JE COMPTAIS M'EN DÉBARRASSER !
MON ENFANT N'EN VEUT PLUS NON PLUS !
ALORS...
NE PERDEZ PAS VOTRE TEMPS AVEC LUI !

Entrée n°3 — Wolpertinger

AU FINAL...
TU ES RENTRÉE AVEC...
VOUS NE TROUVEZ PAS ÇA IGNOBLE ?
ELLE COMPTAIT S'EN DÉBARRASSER À CAUSE DE SON ASPECT HIDEUX !
LA MIGNONNE PETITE CHIENNE EST CHOUCHOUTÉE...
MAIS TOUT LE MONDE SE FICHE DU LAPIN DISGRACIEUX !
C'EST VRAI QU'IL A DE NOMBREUSES EXCROISSANCES SUR SON CORPS...
ET QUE SON ASPECT N'EST PAS DES PLUS BEAUX...
MAIS IL MÉRITE D'ÊTRE SOIGNÉ, TOUT AUTANT QUE LEUR CHIENNE !
C'EST IMPOSSIBLE !

HEIN ?
CO...
COMMENT ÇA IMPOSSIBLE ?
IL NE SERAIT PAS AUSSI MAL EN POINT, SI CES EXCROISSANCES ÉTAIENT SEULEMENT BÉNIGNES !
FSH
FLIP...
ZISKA...
TU SAIS CE QU'EST LE CANCER ?
OUI.
FRSH
FRSH
EUH... EH BIEN...
C'EST CETTE MALADIE QUI PROVOQUE DES TUMEURS ?
ON EN CONNAÎT L'EXISTENCE DEPUIS BIEN LONGTEMPS DÉJÀ, MAIS AUCUN TRAITEMENT EFFICACE N'A ENCORE VU LE JOUR...
C'EST UNE MALADIE EXTRÊMEMENT PÉNIBLE.

LES TUMEURS SE MULTIPLIENT ET LA MALADIE SE RÉPAND DANS TOUT LE CORPS.
LE CANCER FINIT PAR RENDRE LES ORGANES INTERNES HORS D'USAGE.
FLIP
TU DOIS CERTAINEMENT SAVOIR QUE LES PERSONNES ATTEINTES ONT PEU DE CHANCE DE S'EN SORTIR.
TIENS, LE VOILÀ !
ILS SONT RARES DE CE CÔTÉ DU PAYS...
MAIS CE GENRE DE LAPINS SONT COMMUNS AU SUD !

JE NE PENSE PAS QU'IL VIVE ENCORE TRÈS LONGTEMPS...
JE NE DIS PAS QUE L'ABANDONNER EST LA BONNE SOLUTION...
MAIS LA MALADIE EST À UN STADE AVANCÉ.
C'EST PAS VRAI...
...
AU CAS OÙ...
ENLEVONS-LUI SES TUMEURS...
FOUCH...
POUR QU'IL PUISSE MANGER ET BOUGER PLUS FACILEMENT.
POM
POM
ON LUI DONNERA AUSSI QUELQUES CALMANTS POUR LA DOULEUR...
C'EST TOUT CE QU'ON PEUT FAIRE POUR LUI !

JE VOUS EN PRIE, MAÎTRE !
FUIT
FAITES CE QUE VOUS POUVEZ POUR L'AIDER !
JE VEUX BIEN, SEULEMENT...
IL DOIT DÉJÀ SOUFFRIR ET JE NE PENSE PAS QUE ÇA LUI PLAISE...
QU'ON VIENNE TRIFOUILLER SON CORPS.
DE PLUS, RIEN NE GARANTIT QU'IL PUISSE GUÉRIR.
GARDE BIEN ÇA EN MÉMOIRE !

LES TUMEURS SUR SON DOS...
RESSEMBLENT À DES AILES REPLIÉES SUR ELLES-MÊMES...
...
ILS L'ONT ADOPTÉ, PUIS JETÉ UNE FOIS QU'IL NE LEUR PLAISAIT PLUS !
ILS ONT PAS MAL D'ARGENT ET POURTANT ILS L'ONT LAISSÉ DANS UNE BOÎTE CRASSEUSE...
TCHOP...
JUSTE PARCE QU'ILS N'EN AVAIENT PLUS BESOIN...
C'EST IGNOBLE...
TCHOP
TCHOP
HUM...
OUI.

SCHLING...
MAIS CE GENRE D'HISTOIRES EST PLUTÔT COURANT.
TU NE LE SAIS PEUT-ÊTRE PAS...
PARCE QUE TU ES ICI DEPUIS PEU DE TEMPS...
POC
CE NE SONT QUE DES ANIMAUX APRÈS TOUT !
...
IL Y A DE NOMBREUSES VIES DANS LE MÊME CAS QUE CE LAPIN...
LES ANIMAUX QUI NOUS ARRIVENT AU CABINET N'EN SONT QU'UNE PARTIE INFIME.
J'AIMERAIS EN SAUVER AUTANT QUE POSSIBLE !

FOUCH...
スウ...
FOUCH...
スッ...
!!!
ÇA DONNE DES RÉSULTATS ?

LE PEU DE POUVOIR QUE J'AI...
ME PERMET AU MIEUX DE SOULAGER SA DOULEUR...
FUIT
JE NE SAIS PAS...
J'AURAIS SANS DOUTE PU EFFACER SES TUMEURS...
SI SEULEMENT MA MAGIE ÉTAIT PLUS PUISSANTE...
IDIOTE ! SI C'ÉTAIT LE CAS, JE N'AURAIS PLUS DE TRAVAIL !
POUIC
FO... FOUI...
HUM ?
DE... DE L'ACONIT ?

CETTE PLANTE EST UN PUISSANT ANTIDOULEUR...
MAIS ENTRAÎNE EN MÊME TEMPS DES VERTIGES ET DES PROBLÈMES RESPIRATOIRES...
AUTREFOIS, ON L'UTILISAIT AUSSI POUR SOIGNER LES HOMMES.
TES ANCÊTRES DEVAIENT CERTAINEMENT S'EN SERVIR, MAIS...
SES EFFETS INDÉSIRABLES SONT TROP NOMBREUX ET LA SCIENCE N'A TOUJOURS PAS DÉCOUVERT LE MOYEN DE S'EN SERVIR SANS DANGER !
BIEN SÛR, COMME IL S'AGIT D'UNE PLANTE TOXIQUE...
CERTAINS L'UTILISENT AUSSI POUR FAIRE LE MAL...
TOUT DÉPEND DE LA MANIÈRE DONT ON S'EN SERT... LES MAGES SONT CAPABLES DE CHOISIR L'EFFET QU'ILS DÉSIRENT !
J'AI VOULU TESTER UNE AUTRE MÉTHODE... LES BRANCHES DE SAULE QUE J'UTILISE D'HABITUDE NE SONT PAS ASSEZ PUISSANTES !
PLUS LA BASE QU'ON UTILISE EN MAGIE EST FORTE, PLUS LES SORTS SONT EFFICACES !

UN PEU COMME S'ILS SÉPARAIENT UN ÉLÉMENT EN PLUSIEURS COMPOSANTS...
HUM...
D'UN POINT DE VUE SCIENTIFIQUE, ON PEUT VOIR LES CHOSES AINSI.
D'ACCORD...
...
EN TOUT CAS, ÇA A L'AIR DE LE SOULAGER !
BON BOULOT !

NE FAIS PAS CETTE TÊTE...
MA MAGIE N'A PLUS L'AIR DE FONCTIONNER POUR CALMER SA DOULEUR...
IL N'Y A RIEN D'AUTRE QU'ON PUISSE FAIRE POUR LUI ?
ON A FAIT TOUT CE QU'ON A PU POUR LUI !

ON PEUT L'ENDORMIR AVEC UN MÉDICAMENT...
MAIS IL RISQUE DE NE JAMAIS SE RÉVEILLER.
MAÎTRE !
VOUS PENSEZ QU'ON A EU TORT...
DE LUI VENIR EN AIDE ?
QUE FAIRE...

QUAND ILS N'ONT AUCUNE CHANCE DE S'EN SORTIR ?
NE RIEN TENTER ET LES LAISSER MOURIR…
OU BIEN UTILISER TOUS LES MOYENS POSSIBLES POUR PROLONGER LEUR VIE ?
IMPOSSIBLE DE SAVOIR CE QUE CES ANIMAUX DÉSIRENT VRAIMENT…
TCHAC
カチャ
MAIS IL EST SÛR QU'AUCUN D'ENTRE EUX…
NE SOUHAITE MOURIR.
D'UN AUTRE CÔTÉ, PROLONGER LEUR VIE…
N'A RIEN DE NATUREL… ON LES FORCE À RECEVOIR NOS TRAITEMENTS.

LEUR A-T-ON FAIT SUBIR DES DOULEURS INUTILES ?
JE ME POSE EXACTEMENT LES MÊMES QUESTIONS QUE TOI.
FOUCH
GRT
GRT

SI TU NE L'AVAIS PAS RAMENÉ AVEC TOI...
IL SERAIT MORT DE FAIM, SANS AVOIR PU BOUGER.
NÉANMOINS...
IL A PEUT-ÊTRE SOUFFERT ET SUBIT DU STRESS, MAIS IL AURA AU MOINS PU MANGER...
DE DÉLICIEUSES CHOSES DANS SES DERNIERS INSTANTS.
TOUS LES ÊTRES VIVANTS ONT EN COMMUN LE DÉSIR DE COMBLER LEUR VENTRE.
AU FAIT, TU ES AU COURANT ?
IL EXISTE DES CRÉATURES MAGIQUES QUI VIVENT AU SUD ET QU'ON APPELLE DES WOLPERTINGERS.

CE SONT DES LAPINS POSSÉDANT DES CORNES ET DES AILES.
TOUT COMME LE LINDWORM ÉTAIT UNE ÉTOILE FILANTE...
PEUT-ÊTRE QUE LA RÉELLE FORME DU WOLPERTINGER...
EST CELLE D'UN LAPIN AVEC DES EXCROISSANCES DANS SON GENRE !
C'EST SÛREMENT VRAI !
HEIN ?
C'EST CERTAINE-MENT LE CAS, MAÎTRE !
J'AI UNE IDÉE !!

FRSH
TU VEUX ACCÉLÉRER SA MALADIE ?
TU TE RENDS COMPTE DE CE QUE TU DIS ?
QUI NE TENTE RIEN N'A RIEN !
SI LES ÉTOILES FILANTES PEUVENT DEVENIR DES LINDWORMS...
ALORS CE LAPIN MALADE POURRAIT...
MA MAMAN M'A DIT UNE FOIS...
FUIT
LES CRÉATURES FANTASTIQUES NE SONT PAS DE SIMPLES CRÉATURES !
MÊME SI ELLES ONT UNE FORME DE BASE, ELLES PEUVENT PRENDRE DIFFÉRENTS ASPECTS...
COMME L'EAU QUI EST CAPABLE DE SE TRANSFORMER EN GLACE OU EN VAPEUR !

JE PENSE POUVOIR LE REMETTRE SUR LE PIED !!
JUSQU'À MAINTENANT, JE L'AI TRAITÉ AVEC LE DÉSIR DE LE SOIGNER…
MAIS AU CONTRAIRE, SI JE FAIS PROGRESSER SA MALADIE…
IL PARVIENDRA PEUT-ÊTRE À SE TRANSFORMER…
TU COMPTES LUI JETER UNE MALÉDICTION ?
JE CROYAIS QUE TU NE POUVAIS TE SERVIR QUE DE LA MAGIE CURATIVE !
…
JE PEUX AUSSI FAIRE DES CHOSES DANS CE GENRE !
…

QU'EST-CE QUI ARRIVERA À CE PETIT BONHOMME, SI TU ÉCHOUES ?
TU ES PRÊTE À EN ASSUMER LES CONSÉQUENCES ?
MAIS...
IL VA FINIR PAR MOURIR, SI ON NE FAIT RIEN !
"AUCUN ANIMAL NE SOUHAITE MOURIR"...
N'EST-CE PAS ?
JE PRÉFÈRE CHOISIR LA RÉPONSE QUI CONTIENT ENCORE UNE LUEUR D'ESPOIR !
FRSH

ACCROCHE-TOI UN PEU PLUS LONGTEMPS...
ちゃぷっ
TCHAC...
...
HUUU...

JE T'EN PRIE !
PAM
BONDIS À NOUVEAU !!
PIC
ZASH...

FRRRSH

JE RÊVE...
FRRR...
C'EST SUPER...
TOUT IRA BIEN MAINTENANT...
PLIC

SHRT
AH !
RIEN DE CASSÉ ?
CRASH
C'EST DE MA FAUTE !
J'AURAIS DÛ TE PRÉVENIR AVANT !
LES WOLPERTINGERS SONT AUSSI AGRESSIFS QUE DES LOUPS !
ET EN PLUS DE ÇA, ILS SONT CARNIVORES !
GRRR...

AOUUH...
SHRIK...

FRSH
CLING
ATT... ATTENDS !!

!!
EH BIEN, EH BIEN...
IL N'A PLUS BESOIN DE NOUS, ON DIRAIT !
...

JE ME DEMANDE OÙ IL A BIEN PU PARTIR !
カ BAM
カ BAM
カ BAM
QUI SAIT, SÛREMENT VERS LE SUD, NON ?
SES AMIS SONT VENUS POUR LE RAMENER...
カ BAM
カ BAM
VERS LE SUD...
HEIN ?
MAIS DIS-MOI, LA MAGIE CURATIVE...
C'EST VRAIMENT LA MAGIE DE TA LIGNÉE ?
JE CROIS, OUI...
HUM...
CE N'EST PAS L'IMPRESSION QUE ÇA ME DONNE...

MOF
も
MOF
も
MOF
も
MOF
OUAAAH !!
QU'EST-CE... QUE...
MOF
MOF
AH !
CE NE SERAIT PAS CELUI QU'ON A SOIGNÉ ?!
MOF
MOF
ATT...
MOF
MOF
ATTENDS ...
MOF !!
MOF

NON... AR-RÊTEZ ...
JE VAIS FINIR COU-VERTE DE POILS...
CSH
CSH
QU'EST-CE QU'ELLE FABRIQUE ENCORE ?
UNE NUIT BLANCHE A SUFFI À LA RENDRE FOLLE ?

はAH
TIENS, MAIS JE N'ÉTAIS PAS...
EN TRAIN DE PLIER DU LINGE MOI ?!
JE TE LAISSE, JE VAIS ALLER RÉPARER LA FENÊTRE...

TU VEUX CUEILLIR DES MANDRAGORES ?
OUI !
J'AI RÉFLÉCHI À PAS MAL DE CHOSES, APRÈS L'HISTOIRE AVEC LE LAPIN...
JE VEUX FAIRE DES RECHERCHES SUR LE SUJET !
JE VOIS... CE N'EST PAS UNE MAUVAISE IDÉE !
JE SUIS SÛRE QUE JE PEUX VOUS AIDER DE BIEN DES MANIÈRES...
PAS JUSTE AVEC MA MAGIE, MAIS DANS LA PRÉPARATION DE REMÈDES AUSSI...

MAIS POURQUOI DES MANDRAGORES SPÉCIFIQUEMENT ?
HEIN ?
EH BIEN...
LA MANDRAGORE EST UNE PLANTE QUI A LONGTEMPS ÉTÉ UTILISÉE POUR SES EFFETS ANESTHÉSIQUES ET NARCOTIQUES.
ELLE PEUT ÊTRE TOXIQUE, SI ON SE TROMPE DANS SON UTILISATION...
PLUS PERSONNE NE L'UTILISE DEPUIS QUE LA MORPHINE ET L'ÉTHER ONT ÉTÉ DÉCOUVERTS...
FLIP
ぱら
JE PENSAIS ESSAYER L'UNE DES RECETTES QU'A COMPILÉES MA MÈRE, MAIS IL ME FAUT DES MANDRAGORES POUR ÇA !
LA MANDRAGORE, C'EST CE TRUC À FORME HUMAINE, PAS VRAI ?
GRAAH
GLOM GLOM
EFFECTI-VEMENT...
SES RACINES PRENNENT UN ASPECT ASSEZ ÉTRANGE.
FOUCH...

ILS EN VENDENT EN PHARMACIE !
OUI, JE SAIS...
MAIS ÇA SENT L'ARNAQUE !
JE SUIS SÛR QU'ILS FONT PASSER DES CAROTTES OU AUTRE CHOSE POUR CES CRÉATURES...
?
SINON QU'EST-CE QU'IL Y AURAIT DANS CES BOÎTES ?
CELLES-CI !
VOUS DEVEZ CONFONDRE AVEC AUTRE CHOSE...
DES MANDRAGORES, ÉVIDEMMENT !
LA PLANTE MÉDICINALE !!
ON DIT QU'ELLE A LA FORME D'UN HOMME À CAUSE DE SES RACINES, MAIS C'EST UNE PLANTE MÉDICINALE DES PLUS BANALES...
LES MYTHES QUI L'ENGLOBENT ONT JUSTE ÉTÉ CRÉÉS POUR AUGMENTER SON PRIX DE VENTE !
À CAUSE DE CES HISTOIRES, MÊME VOUS MAÎTRE, VOUS L'IMAGINEZ COMME UNE CRÉATURE À FORME HUMAINE !

...
DONC LA MANDRAGORE NE SERAIT QU'UN SIMPLE VÉGÉTAL...
APPARTENANT AUX PLANTES À ALCALOÏDES ?
ENFIN...
IL SE PEUT QUE CERTAINES PRENNENT UNE FORME HUMAINE...
CE NE SERAIT PAS PLUS SIMPLE D'ALLER SE FOURNIR EN PHARMACIE ?
LA MANDRAGORE A UNE RÉPUTATION COMPLIQUÉE, À CAUSE DE CES HISTOIRES DE CRÉATURES HUMANOÏDES !
C'EST POURQUOI...
ON N'A AUCUNE CERTITUDE QUE CELLES QUE VENDENT LES PHARMACIES SONT BEL ET BIEN DES MANDRAGORES !

Entrée n°4 – Mandragore

FRSH
ELLE DONNE DES FRUITS...
ÉVIDEMMENT, C'EST UNE PLANTE QUI FLEURIT !
OOH !
FSH
FSH
SES FRUITS RESSEMBLENT À CEUX DE LA POMME DE TERRE...
ELLES SONT CLASSÉES DANS LA MÊME FAMILLE ! CELLE DES SOLANACÉES, IL ME SEMBLE...
TOUT COMME LES AUBERGINES ET LES TOMATES !
FOUCH...

UNE DES MÉTHODES POUR DÉTERRER UNE MANDRAGORE EST...
DE TRACER UN CERCLE AVEC UNE ÉPÉE AUTOUR D'ELLE !
SCHLING
AU FAIT, POURQUOI UN COUTEAU PLUTÔT QU'UNE PELLE ?
C'EST SÛREMENT ENCORE UNE SUPERSTITION, COMME LES MYTHES AUTOUR DES MANDRAGORES À FORME HUMAINE !
LES LÉGENDES POSSÈDENT TOUTES UNE PART DE VÉRITÉ !
LES RACINES DE LA MANDRAGORE S'ÉTENDENT ASSEZ LOIN...
SHRT
OH... EN GROS, TU COUPES SES RACINES AVANT DE LA CUEILLIR...
C'EST SÛREMENT À CAUSE DE CES DERNIÈRES QU'ON RACONTE QUE LA MANDRAGORE POUSSERAIT UN CRI D'EFFROI...
QUAND ON L'ARRACHE DE LA TERRE OU QU'IL FAUDRAIT UNE FORCE SURHUMAINE POUR EN CUEILLIR UNE !
À CAUSE DU BRUIT QUAND ON COUPE LEURS RACINES...
TOUT À FAIT !
FIT FIT

FOUCH...
FOUH !
CHRAK
TIREZ DESSUS POUR VOIR !
VOUS DEVRIEZ POUVOIR L'ARRACHER FACILEMENT !
ES-SAYONS !
TU AVAIS RAISON !
IL M'EN FAUT ENCORE QUELQUES-UNES ! JE COMPTE SUR VOUS POUR LES CUEILLIR, MAÎTRE !
ÇA DEMANDE PAS MAL D'ÉNERGIE DE COUPER LEURS RACINES !
ÇA MARCHE !
C'EST MOI L'APPRENTI, AUJOURD'HUI !

PAM PAM
HUM ?
FRSH...
CELLE-CI AUSSI...
C'EST UNE MANDRAGORE ?
CHRÄK...

GROUI ...
HEIN ?
J'EN CROIS PAS MES YEUX ! UNE VRAIE MANDRAGORE !!
C'EST LA PREMIÈRE FOIS QUE J'EN VOIS UNE !!

EH OH ! JE CROYAIS QUE TU M'AVAIS DIT QUE LA MANDRAGORE ÉTAIT UNE SIMPLE PLANTE...
GYO...
OUI ! C'EST UNE PLANTE MÉDICINALE !
MAIS CET ANIMAL-LÀ EST LA MANDRAGORE, LA CRÉATURE FANTASTIQUE !!
COMMENT ÇA ?
ELLE NE RESSEMBLE EN RIEN À UN HOMME ! ÇA M'A TOUT L'AIR D'UNE TAUPE !
TOUT LE MONDE CROIT QU'ELLE A UNE FORME HUMAINE À CAUSE DE LA PLANTE !
D'AUTRES MANDRAGORES ONT ÉTÉ RÉPERTORIÉES PRENANT LA FORME DE DIFFÉRENTS PETITS ANIMAUX !
ON EN A MÊME RECENSÉ CERTAINES EN FORME DE CRAPAUD !
Y A DE QUOI EN PERDRE TÊTE...
QUEL BORDEL !

NÉANMOINS...
ELLE N'A PAS L'AIR EN FORME...
MÊME SES FEUILLES SONT EN MAUVAIS ÉTAT !
EFFECTI-VEMENT...
ELLE EST PEUT-ÊTRE MALADE ?
HUM...
ZISKA...
JE VIENS DE RÉALISER QUELQUE CHOSE DE GRAVE !
C'EST-À-DIRE ?
SON...

SON CORPS EST FROID !
ET JE NE SENS AUCUN POULS...
BRR
HEIN ?
C'EST PAS VRAI !
ELLE...
ELLE EST MORTE ?!
PIC

ひっ
HII
BLOM
EH, C'EST QUOI CES HISTOIRES ? NE ME DIS PAS QUE C'EST UN ZOMBIE...
CSH もぞ
CSH もぞ
CSH もぞ
NON, IMPOSSIBLE...
はっ
AH
ON DIT DE MANIÈRE COMMUNE QUE LA MANDRAGORE EST UNE "PLANTE À FORME HUMAINE"...
ET NON PAS UN "HOMME EN FORME DE PLANTE", PAS VRAI ?
PEUT-ÊTRE QUE...
DONC CELLE QU'ON A DEVANT NOUS...

SERAIT UNE "PLANTE EN FORME DE TAUPE"...
NON ?
EUH...
TU VEUX DIRE QUE... ÇA RESSEMBLE À UN ANIMAL, MAIS EN RÉALITÉ CE N'EST QU'UNE PLANTE ?
JE SUPPOSE...
DANS CE CAS...
JE N'AI PAS LES CONNAISSANCES POUR M'OCCUPER D'ELLE !

ぬり FRT
ぬり FRT
UNE CRÈME ANTIBACTÉRIENNE ?
OUI !
ELLE EST COMPOSÉE PRINCIPALEMENT D'HUILE ESSENTIELLE DE MENTHE.
J'AI UTILISÉ À PEU PRÈS LA MÊME COMPOSITION POUR PROTÉGER DE LA MALADIE LES PLANTES EXTÉRIEURES.
MÉLANGÉE À DE LA GOMME NATURELLE, POUR ÊTRE ENDUITE PLUS FACILEMENT !
OH, EFFECTIVEMENT ! LA PLUPART DES MALADIES QUI TOUCHENT LES PLANTES SONT DUES AUX MOISISSURES !

GROUI ?
DÉSOLÉE DE T'AVOIR FAIT TOMBER TOUT À L'HEURE !
AU FAIT, QU'EST-CE QUE TU COMPTES FAIRE DES AUTRES MANDRAGORES, LES PLANTES ?
GROUI ...
JE VAIS TENTER DE CRÉER DE NOUVEAUX ANTIDOULEURS AVEC, CE SOIR !
FAITES-MOI CONFIANCE !
J'AI L'HABITUDE DE CRÉER DES REMÈDES AVEC LA MAGIE !
GROUI !
FROU FROU

DIS, ZISKA...
J'AI QUELQUE CHOSE À TE DEMANDER...
OUI ?

COMMENT TU VAS FAIRE POUR CONFIRMER QUE CE NOUVEAU MÉDICAMENT EST SANS DANGER ?
J'AI MA PART DE RESPONSABILITÉ POUR AVOIR OUBLIÉ D'Y PRÊTER ATTENTION PLUS TÔT...
EUH...
J'EN ÉTAIS SÛR ! TU N'Y AS MÊME PAS SONGÉ...
LES MÉDICAMENTS PROVOQUENT DES CHANGEMENTS DANS LE CORPS ! EN CELA, ILS NE DIFFÈRENT EN RIEN DES POISONS !
ET LES PLANTES À ALCALOÏDES SONT FONDAMENTALEMENT DANGEREUSES POUR LES ANIMAUX !
LES ALCALOÏDES SONT DES SUBSTANCES QUE LES PLANTES SÉCRÈTENT POUR SE PROTÉGER !
PRENONS LA MORPHINE PAR EXEMPLE ! ELLE PEUT CAUSER DES TROUBLES RESPIRATOIRES...
ET DANS LE PIRE DES CAS, ENTRAÎNER LA MORT !
TOUS LES REMÈDES QUE TU AS FABRIQUÉS AVEC LA MAGIE JUSQU'À MAINTENANT...
PROVIENNENT DES CARNETS DE TES ANCÊTRES ! ILS ONT COMPILÉ LES PROPRIÉTÉS DE LEURS COMPOSITIONS À L'INTÉRIEUR ET TESTÉ LEUR EFFICACITÉ SUR DES CAS PASSÉS !
CELUI DE GRAND-MÈRE.
CELUI DE MAMAN
CELUI D'UN AUTRE ANCÊTRE.

MAIS IL N'Y A AUCUNE DOCUMENTATION AU SUJET DE CETTE POTION... EN RÉSUMÉ, C'EST UN TOUT NOUVEAU MÉDICAMENT !
ÇA ME PARAÎT BIEN DANGEREUX DE L'UTILISER SANS L'AVOIR TESTÉ AU PRÉALABLE !
...
TU ES PRÊTE À PRENDRE TES RESPONSABILITÉS, SI JAMAIS UN DE NOS PATIENTS MEURT À CAUSE DE TON MÉDICAMENT ?
MAIS DANS CE CAS, COMMENT FAIRE...
POUR NOUS ASSURER DE SES EFFETS ?
LE TESTER SUR UN ÊTRE VIVANT...
...
ET COMMENT FAISAIENT LES GENS DE TA FAMILLE POUR TESTER LEURS COMPOSITIONS ?
SÛRE-MENT...
EN LES UTILISANT DIRECTEMENT SUR LEURS PATIENTS !
FUIT
BOM

DES EXPÉRIMENTATIONS MÉDICALES SUR DES ÊTRES HUMAINS...
PAS ÉTONNANT QUE LES MAGES SE SOIENT SOUVENT FAIT PERSÉCUTER DANS L'HISTOIRE...
IL N'Y A AUCUN PROBLÈME AVEC CE MÉDICAMENT !
JE VAIS VOUS LE PROUVER !
TCHAC
LES MAGES SONT CAPABLES DE CHOISIR LES EFFETS QU'ILS DÉSIRENT !
GLOU...

ZISKA !!
BLAM
IDIOTE !! QU'EST-CE QUI T'A PRIS ?!
TCHAC
BORDEL !
QUELS SONT LES EFFETS TOXIQUES DE LA MANDRAGORE ?!
QU'EST-CE QU'IL FAUT QUE JE FASSE ?!
JE DOIS ME CALMER !!
COMMENÇONS PAR LA FAIRE VOMIR... NON, JE NE PEUX PAS !!
JE NE CONNAIS PAS LA NATURE DES ALCALOÏDES QU'ELLE A UTILISÉS !!
SI CES DERNIERS SONT LIPOSOLUBLES, IL FAUT À TOUT PRIX ÉVITER DE LA FAIRE VOMIR !!
FOUCH...

FUIT...
ぎーゆっ…
MAÎTRE ! ♡
HUM
HUM...
ムニャ
ムニャ…

VOUS AVEZ JETÉ TOUS LES MÉDICAMENTS ?!
OUI !
QU'EST-CE QUI VOUS A PRIS ?!
TA NOUVELLE COMPOSITION S'EST RÉVÉLÉE ÊTRE UN PARFAIT ÉCHEC ! C'ÉTAIT SI NÉFASTE QUE J'AI DÛ CREUSER UN TROU DERRIÈRE LA MAISON POUR Y ENTERRER TOUTES TES POTIONS !
BIEN ENTENDU, TA FAÇON DE PROCÉDER EST À OUBLIER ! TU FERAIS MIEUX DE JETER TOUS LES ÉCRITS CONCERNANT SA CONCEPTION !
HEIN ?!
C'EST QUOI CES HISTOIRES ?! JE SUIS SÛRE QUE VOUS ME CACHEZ QUELQUE CHOSE !!
ATTENDEZ... MAÎTRE ?!
GROUI !
ALLONS PLUTÔT RENDRE SA LIBERTÉ À CETTE MANDRAGORE !
LA MANDRAGORE EST AUSSI CÉLÈBRE POUR SES PHILTRES D'AMOUR.

LE PROBLÈME ...
MAÎTRE ...
HUM HUM
ムニャムニャ
FUIT...
C'EST QUE FAIRE DE TOUTES SES POTIONS ?!
JE DOIS ME DÉBARRASSER DE TOUT SON STOCK !!
GLO
ET JETER TOUS LES INGRÉDIENTS NÉCESSAIRES À SA COMPOSITION !!
SHT
SHT
SHT
SHT
SHT
IL NE RESTE PLUS QUE SES ÉCRITS SUR LA MÉTHODE DE FABRICATION...

TCHAK
C'EST SÛREMENT CE JOURNAL !
POM

LE XX DE L'ANNÉE OO.
MAÎTRE A JETÉ TOUS LES REMÈDES QUE J'AI CONFECTIONNÉS.
IL N'A PAS VOULU ME DIRE POURQUOI !
HIER, J'AI ÉCRIT QUE JE L'AIMAIS ! JE RETIRE CE QUE J'AI DIT ! MAÎTRE N'EST QU'UN IDIOT !
...

J'AI FINI LES VISITES MÉDICALES...
BROUHA
BROUHA
DE MADAME NORA ET DE MONSIEUR HERMANN...
C'EST TOUT POUR AUJOURD'HUI...
COMME JE NE SUIS PAS TRÈS LOIN...
ET SI J'EN PROFITAIS POUR ALLER VOIR KAMIL !
GLING
GLING
BONJOUR !
VU QUE JE PASSAIS DANS LE QUARTIER, JE PENSAIS VOUS FAIRE UN PETIT COUCOU !
GLING...

VLAN...
ET T'ES QUI AU JUSTE ?

Entrée n°5 – Kelpie (1re Partie)

FUIT
TON "MAÎTRE", CE SERAIT PAS UN HOMME AVEC DES YEUX COMME ÇA ?
UN TYPE DU NOM DE NICO ?
EXACT !
FOUCH
OH, ALORS C'EST TOI ZISKA...
AH, JE VOIS ! L'APPRENTIE DE L'AMI DE MON MAÎTRE !
PAF
ATTENDS, JE SAIS !
JE M'APPELLE ANNIE !
L'APPRENTIE DE MAÎTRE KAMIL !
ENCHANTÉE !!
HA...
ENCHANTÉE...
MON MAÎTRE M'A RACONTÉ L'ÉPISODE AVEC LA SALAMANDRE !
J'AURAIS TELLEMENT VOULU VOIR ÇA !

ELLE NE S'EST PAS MONTRÉE SOUS SA VRAIE FORME DEPUIS ?
NON !
CEPENDANT...
CETTE LAMPE EST LA SEULE À CONTINUER DE BRÛLER, MÊME QUAND ON STOPPE L'ARRIVÉE DE GAZ ! ELLE EST SÛREMENT ENCORE À L'INTÉRIEUR !
AU FAIT, DÉSOLÉE...
MAIS MON MAÎTRE N'EST PAS À LA BOUTIQUE !
TU VOULAIS QUELQUE CHOSE ?
NON, PAS VRAIMENT !
J'AI FINI DE LIVRER LES MÉDICAMENTS DE MES PATIENTS ! VU QUE LE MAGASIN ÉTAIT SUR MON CHEMIN DE RETOUR, JE PENSAIS EN PROFITER POUR LUI DIRE BONJOUR !
VIENS T'AMUSER AVEC MOI !! JE MEURS D'ENNUI, TOUTE SEULE !!
D'ACCORD !
DANS CE CAS...

BOOON
BLA
PRENONS CELUI DE MIDI !
BLA
LE FERRY VA PARTIR !
PAS CHER ! PAS CHER !
ACHETEZ
BLA
QUI VEUT DES LÉGUMES ?
BLA
C'EST LE MOMENT D'ACHETER !
ATTENDS, IL FAUT QUE JE RENTRE AUPRÈS DE MON MAÎTRE…
BROUHA
BROUHA
T'INQUIÈTE, T'INQUIÈTE !
BROUHA
TU AS DES CHOSES DE PRÉVUES ?
NON, JE N'AI RIEN POUR L'INSTANT…
DANS CE CAS, TOUT VA BIEN !
Y'EN A PAS POUR LONGTEMPS !
ALLEZ, JE TE PAYE À MANGER !!

ZAAASH...
TU SAIS...
AVEC LE TRAVAIL DE MON MAÎTRE...
JE RENCONTRE QUE DES PETITS VIEUX ET DES PETITES VIEILLES !
MIAM MIAM
DE SURCROÎT, MON MAÎTRE N'ARRÊTE PAS DE ME SERMONNER ! "NE PARLE PAS AUX CLIENTS DE CETTE MANIÈRE !"
ET MÊME QUAND JE SUIS AU MAGASIN...
C'EST RARE QU'UN CLIENT SE PRÉSENTE À L'INTÉRIEUR !
JE M'ENNUIE DE PLUS EN PLUS, CHAQUE JOUR !

あ～
AH...
DANS CE CAS, ANNIE...
POURQUOI TU TRAVAILLES AU MAGASIN DE KAMIL ?
C'EST SIMPLE !
PARCE QUE MES PARENTS M'ONT JETÉ DEHORS EN DISANT, "VA DONC APPRENDRE UN PEU LES BONNES MANIÈRES" !!
HA はぁ。
...
AH !
ENFIN...
JE NE DÉTESTE PAS MAÎTRE KAMIL POUR AUTANT !
LE TRAVAIL EN LUI-MÊME EST INTÉRESSANT...
MAIS COMMENT DIRE...
もぐ MIAM
もぐ MIAM
J'AI DU MAL À RESTER DANS LE CADRE !

JE CROIS QUE...
SLURP
J'AI À PEU PRÈS COMPRIS TON CARACTÈRE, ANNIE !
HUM...
CRATCH
CRATCH
AH BON ?
JE NE SAIS PAS POURQUOI, MAIS ON ME LE DIT SOUVENT...
ET TOI, ZISKA !
POURQUOI TU ES AUX CÔTÉS DE NICO ?
...
BROUHA
BROUHA
BROUHA

ZAASH
LE TRAVAIL EN LUI-MÊME ME PASSIONNE, MÊME SI JE ME PLAINS BEAUCOUP...
MAIS CE N'EST PEUT-ÊTRE PAS LE CAS POUR TOUT LE MONDE !
...
AH, DÉSOLÉE ! C'EST PERSONNEL, JE N'AURAIS PAS DÛ DEMANDER !
NON, CE N'EST PAS ÇA !
C'EST JUSTE QUE...
J'AI VOULU DEVENIR VÉTÉRINAIRE PARCE QUE JE PENSAIS Y ARRIVER !
MAIS J'AI L'IMPRESSION DE NE FAIRE QUE DES ERREURS...
ET QU'IL Y A ENCORE TANT DE CHOSES QUE JE SUIS INCAPABLE DE FAIRE !
BROUHA
BLA
BLA
BROUHA
BLA
BLA
BROUHA

T'AS QUEL ÂGE, ZISKA ?
13 ANS...
SÉRIEUX ?!
J'AI 16 ANS ET MON MAÎTRE CONTINUE À ME CRIER DESSUS TOUS LES JOURS !!
OH...
GENRE, POUR LES ŒUVRES D'ART ! IL M'OBLIGE À APPRENDRE L'HISTOIRE QU'IL Y A DERRIÈRE CHACUNE D'ELLES, SOI-DISANT POUR ÉVITER DE SE FAIRE ESCROQUER !
Y'A PAS PIRE COMME COURS !
C'EST CE QUE JE DÉTESTE DANS CE TRAVAIL...
COMBIEN DE TEMPS ÇA PRENDRA POUR QUE JE SOIS UNE EXPERTE ACCOMPLIE ?
"IL TE FAUT ENCORE AU MOINS CINQ ANNÉES D'ÉTUDES POUR CONNAÎTRE NE SERAIT-CE QUE LA BASE DE CE MÉTIER", QU'IL M'A DIT...
ENFIN...
は HA...
SOYONS PATIENTES, D'ACCORD ?

RAH
EH, TE MOQUE PAS DE MOI !!
HU HU
HU HU HU ! DÉSOLÉE !
MAIS...
À L'AIDE !
VITE ! S'IL VOUS PLAÎT !!
BLA
VENEZ NOUS AIDER !!
BROUHA
BROUHA
QU'EST-CE QUI S'EST PASSÉ ?
UN ACCIDENT ?
QUI SAIT...
BROUHA
FUIT
ALLONS VOIR !

BLA
ATTENDS...
ON RISQUE DE LES GÊNER À JOUER LES CURIEUSES !
QU'EST-CE QUE TU RACONTES ?
IL SE PEUT QUE LA SITUATION REQUIÈRE TON AIDE !!

BROUHA
PARDON !
EXCUSEZ-NOUS, ON PASSE !
UN BATEAU A COULÉ ?!
BROUHA
BLA BLA
C'EST VRAI ?!
ÇA CRAINT...
REGARDE LÀ-BAS...
ZASH...
CE NE SERAIT PAS DU SANG ?

OUAH...
うわ…
PARDON ANNIE, MAIS...
JE NE SUIS ENCORE QU'UNE APPRENTIE...
FUIT...
ぎゅっ…
ET JE SUIS INCAPABLE DE SOIGNER LES HOMMES...
AH, C'EST VRAI...
ILS ÉTAIENT QUATRE EN TOUT ?
EN VOILÀ UN !!
CHERCHEZ LE DERNIER !!

SPLACH...
ILS SONT TOUS LÀ ?!
HUM, C'EST TOUT...
BROUHA
BROUHA
BROUHA
TANT MIEUX ! C'ÉTAIT PAS GRAND-CHOSE AU FINAL !
OUI !
BROUHA
ILS SONT TOUS SAINS ET SAUFS, ON DIRAIT...
BROUHA
...
HUM ?

MAIS DANS CE CAS, IL VENAIT D'OÙ CE SANG ?
TU L'AS BIEN VU, ZISKA ?
OU... OUI...
IL N'Y A PAS DE BLESSÉS GRAVES PARMI LES PERSONNES SECOURUES...
AH はっ
L'EMBARCATION A SANS DOUTE HEURTÉ QUELQUE CHOSE !
UN ANIMAL ?
PEUT-ÊTRE...
JE VAIS PARTIR À SA RECHERCHE !!
TAP
ATTENDS ! ZISKA ?!

SHRT
LE COURANT N'EST PAS SI FORT...
MAIS ÇA DEMANDE QUAND MÊME DES EFFORTS DE NAGER À CONTRE-COURANT !
SI CET ANIMAL EST BLESSÉ...
IL Y A DE FORTES CHANCES QU'IL AIT ÉTÉ EMMENÉ EN AVAL !
LA RIVIÈRE EST PLUTÔT LARGE, TU SAIS ?
IL A PEUT-ÊTRE ATTERRI SUR L'AUTRE RIVE...
ET SI C'EST UN POISSON, IL EST SÛREMENT TOUJOURS DANS L'EAU !
...
SHRT
LES CRÉATURES QUI VIVENT EXCLUSIVEMENT SOUS L'EAU SE SERVENT DE BRANCHIES POUR RESPIRER...
MAIS IL Y A PEU D'ESPÈCES QUI SOIENT ASSEZ GRANDES...
POUR ÊTRE CAPABLES DE COULER UNE EMBARCATION !
JE PARIERAI PLUTÔT SUR UN MAMMIFÈRE OU UN REPTILE !

CES DEUX DERNIÈRES ESPÈCES ONT BESOIN DE LEURS POUMONS POUR RESPIRER...
ILS ONT ALORS BESOIN DE REMONTER À LA SURFACE OU DE TROUVER UN ENDROIT POUR SE REPOSER !
D'AUTANT PLUS QUAND LEURS FORCES DIMINUENT !
UN ENDROIT TRANQUILLE, SANS PERSONNE AUTOUR...
OÙ LE COURANT EST PAISIBLE !

LE VOILÀ !!

C'EST FOU ! QU'EST-CE QUE C'EST ?
AH
はっ
IL Y A DES RUMEURS PARLANT D'UN MONSTRE...
QUI HABITERAIT DANS LA RIVIÈRE !
SHRT
SHRT
CERTAINS AURAIENT VU UN CHEVAL NAGER !
BOBOM
BOBOM
ON PEUT S'APPROCHER, TU CROIS ?
JE PENSE...
QUE C'EST SANS DANGER !
IL N'A PAS L'AIR DE POUVOIR BOUGER...
FOUH...
FOUN...
SHRT
JE VAIS L'EXAMINER RAPIDEMENT !

POC... ...
TIENS-TOI TRANQUILLE...
ZASH
ZASH
ZASH
CE SONT CERTAINEMENT LES PLAIES CAUSÉES PAR LA COLLISION AVEC LE BATEAU...
ON A VU PAS MAL DE SANG DANS L'EAU, MAIS GRÂCE À SES COUCHES DE GRAISSE SES BLESSURES NE SONT PAS SI PROFONDES.
SI CE N'EST QUE ÇA, JE PENSE QUE ÇA IRA...
MAIS POURQUOI IL NE BOUGE PLUS ? À CAUSE D'UNE COMMOTION CÉRÉBRALE ? UN MANQUE DE SANG ?
SI C'EST LE CAS, LAISSONS-LE SE REPOSER...
NON !
FSH
FSH

J'AI PEUT-ÊTRE ENCORE RATÉ UN ÉLÉMENT IMPORTANT !!
ANNIE !
IL Y A UN TÉLÉPHONE CHEZ KAMIL ?
CHEZ MAÎTRE ?
OUI, MAIS...
JE T'EN PRIE, APPELLE MON MAÎTRE...
SUR-LE-CHAMP !!

J'AI BESOIN DE SON AIDE AU PLUS VITE !!
CRÉATURES FANTASTIQUES 1 FIN

MERCI D'AVOIR LU CE PREMIER TOME !!
J'ESPÈRE QUE CETTE HISTOIRE VOUS PLAÎT, MALGRÉ
LES LIBERTÉS ARTISTIQUES QUE J'AI PRISES DANS
CERTAINS PASSAGES DU RÉCIT.
JE COMPTE SUR VOUS POUR LE TOME 2 !!

Twitter officiel
de "créatures fantastiques"
SUIVEZ-NOUS !
https://twitter.com/genjuushinryou

LE LIEN DU DESTIN
LE LIEN DU DESTIN 01
Rei Yamada
Une promesse. Une malédiction.
Une rencontre du destin.
DISPONIBLE EN LIBRAIRIE
komikku コミック出版
ÉDITIONS
© Rei Yamada / MAG Garden

Goodbye my Rose Garden
“Je peux réaliser ton rêve... si tu me tues.”
Une relation dangereuse entre deux femmes passionnées de lecture, défiant les codes de l’aristocratie anglaise.
komikku コミック出版 ÉDITIONS
Disponible en librairie !
© Dr.pepperco / MAG Garden

Elle fera tout pour qu'il se réinsère dans la société... même l'aider à dessiner ses mangas !
Mon Frère, cet Otaku
La renaissance d'un otaku façon comédie !
DISPONIBLE EN LIBRAIRIE
© Mimu Oyamada / MAG Garden
komikku コミック出版 ÉDITIONS

L'Enfant du Dragon fantôme
Un dragon et une apprentie sorcière embarquent pour une aventure absolument magique !
© Ichi Yukishiro / MAG Garden
komikku コミック出版 ÉDITIONS
DISPONIBLE EN LIBRAIRIE

SOUPINOU
Dans la campagne finlandaise, l'incroyable quotidien du plus mignon des compagnons !
Disponible en librairie
komikku
コミック出版
K
ÉDITIONS
© Yuu Horii / MAG Garden

The Ancient Magus Bride
PSAUME 108
Le bleu du magicien
© Koré Yamazaki © Isuo Tsukumo © Makoto Sanda / MAG Garden
À Paris, l'incroyable rencontre entre un jeune orphelin et une puissante sorcière qui va l'initier à la magie et le prendre pour époux !
komikku コミック出版 ÉDITIONS
Disponible en librairie

Dahliya
ARTISANE MAGICIENNE
Attention, cette créatrice d'objets magiques
va vous ensorceler !
DISPONIBLE EN LIBRAIRIE
© Megumi Sumikawa 2019 / MAG Garden
© Amagishi Hisaya 2018 / KADOKAWA
komikku ÉDITIONS
コミック出版

Ils veillent sur nous,
mais qui sont-ils vraiment ?
Un one shot singulier et fascinant !
Esprits d'ailleurs
© 2020 Maki Kouda / MAG Garden
komikku
コミック出版
ÉDITIONS
Esprits d'ailleurs
Maki Kouda
DISPONIBLE
EN LIBRAIRIE

Créatures fantastiques, vol. 01

WATASHI TO SENSEI NO GENJU SHINRYOROKU volume 01
© Kaziya 2017
All rights reserved
First published in Japan in 2017 by MAG Garden Corporation
French translation rights arranged with MAG Garden Corporation
through TUTTLE-MORI AGENCY, INC., Tokyo

Édition française
© Komikku éditions 2019
Traduction :
Masaya Morita

Adaptation graphique :
Komikku éditions

ISBN : 978-2-37287-314-7
Dépôt légal : janvier 2019
3e tirage - Achevé d'imprimer en Italie par L.E.G.O. - Lavis

www.komikku.fr